KB270615

hope for the flowers
꽃들에게 희망을
트리나 폴러스
안 애 리 옮김

1판 1쇄 인쇄/2002년 09월 10일
1판 1쇄 발행/2002년 09월 20일
지은이/트리나 폴러스
옮긴이/안애리
펴낸곳/도서출판 선영사
서울시 마포구 성산동 254-10 2층
TEL/(02)338-8231, (02)338-8232 FAX/(02)338-8233
E-MALE sunyoungsa@hanmail.net
WEB SITE sunyoungsa.com
편집 주간/장상태
펴낸이/김영길
제작1팀장/김범석
책 편집·디자인/김용원
본문 일러스트/조소영
표지·재킷/선영 디자인(SUNYOUNG DESIGN)
등록/1983년 6월29일 제 카1-51호

ISBN 89-7558-601-4   03840

· 잘못된 책은 바꾸어 드립니다.
· 홈페이지를 이용하시면 선영출판사에 관한 모든 정보를 보실 수 있습니다.
· 본사는 통신판매를 실시하고 있습니다. 전화, FAX, 우편, E-MAIL로 주문하시면
  우송료를 본사가 부담하여 등기로 보내드리겠습니다.

트리나 폴러스
안 애 리 옮김

나에게 나비에 대한 사랑과
믿음을 갖게 해 주신 모든 이들에게
감사를 드립니다.

앞으로 공개할 이야기는
자신의 진실을 찾기 위하여
많은 고통과 어려움을 겪어 온
한 애벌레의 이야기입니다.

그 애벌레는 나 자신과 그리고
우리들 모두와 꼭 같습니다.

사랑과 소망을 드리면서.

—Trina Paulus—

참된 삶과
진정한 자유와 혁명을 위하여.

그리고 믿음을 주신
나의 아버님께.

제 1 장

한 옛날 줄무늬진 작은 애벌레 한 마리가
오랫동안 자기를 감싸주며 보호해 준
알을 깨고 향기로운 바람이 있는
세상으로 나왔습니다.

"안녕 세상아?" 첫인사를 했습니다.
"햇빛 비치는 희망에 찬 세상이여!"

“배가 고프다”는 생각이 들자 그는 곧
그가 태어난 곳인 녹색 잎을
갉아먹기 시작했습니다.

그리고 또 다른 잎을 먹어치웠습니다.
그리고 또 다른…… 또 다른……
이리하여 점점 크게…… 더욱더 크게
더욱더 크게 자랐습니다.

그러던 어느 날 먹는 것을 중단하고
생각에 잠겨 봅니다.
"삶이란 그냥 먹고 자라는 것 외에 더
오묘한 무엇인가가 있을 것 같은데."

"지금과 같은 삶은 재미가 없어."

그래서 줄무늬 애벌레는
여태 풍성한 먹을 것과
참된 희망을 주던
정들었던 나무에서
과감하게 탈주하는 데
성공했습니다.

그는 그 이상의 것을
추구하고 있었습니다.

땅 위에는 온갖 희한한 것들이
가득했습니다.
그 모든 것들을 바라보며
애벌레는 황홀경에 빠졌습니다.

그렇지만 그 어느 것도 그를
만족시켜 주지는 못했습니다.

그러던 어느 날
자기처럼 기어다니는 또 다른 것들을
만나자 몹시 당황했습니다.

그러나 그들은 먹는 일에 열중하느라
이야기할 틈이 없는가 봅니다.
옛날에 자신이 그랬던 것처럼.

"저들은 삶에 대하여
나보다 아는 게 없구나."
하고 탄식할 뿐입니다.

어느 날 줄무늬 애벌레는
젖 먹던 힘까지 내어 기어가는
다른 무리의 자기를 보았습니다.

그들이 어디로 가고 있는지
궁금하여 사방을 둘러보니
하늘 끝까지 치솟은
크나큰 기둥이었습니다.

그는 그들 무리 중에 끼어서 가다가
한 가지 기막힌 사실을
알아냈습니다.

그 기둥은
서로 밀치며 앞서 가려는
질서 없는 애벌레 더미라는 것을—

그 웅장한 기둥은 애벌레로 이루어진
것이었습니다.

애벌레들은
꼭대기에 오르고자 하는 것
같았습니다.
그런데 그 꼭대기는
구름 속에 가려져 있었기에
그 곳에 과연 무엇이 있는지
줄무늬 애벌레는 전혀
알 수가 없었습니다.

그는 새봄에 물이 오르는
나뭇가지처럼
또 다른 흥분을
느꼈습니다.

"내가 찾고자 하는 것이 어쩌면
저 속에 있는지도 몰라."

줄무늬 애벌레는 들뜬 마음으로
다른 애벌레에게 물었습니다.
"쟤들 지금 무얼 하고 있는지 아니?"
"나도 금방 도착했어,
아무도 설명해 줄 수 없이 바쁜 모양이야.
저렇게 어딘지 꼭대기로 올라가려고
설치니 말이야."
그는 대답했습니다.

"먼 꼭대기에는 무엇이 있을까?"
애벌레가 다시 물었습니다.
"그건 아무도 모를 거야,
하지만 바쁘게 가는 것을 보면
틀림없이 좋은 것이 있을 거야.
나도 빨리 가 봐야겠어."

그도 그 무리 속으로 빨려 들어갔습니다.

줄무늬 애벌레는 새로운 호기심으로
머리가 터지는 것 같았습니다.
제대로 생각을 정리할 수가 없었어요.
쉴새없이 다른 애벌레들이
그의 옆을 지나
그 기둥 속으로
사라져 갔습니다.

"오직 한 가지 선택뿐이군."
그도 그 속으로 밀고 들어갔습니다.

제 2 장

뛰어든 뒤 처음 얼마 동안은
충격적인 사태였습니다.

줄무늬 애벌레는
사방으로부터
밀리고 채이고
밟히고 했습니다.

밟고 올라서느냐
밟히느냐
그런 상황이었습니다.

그는 과감히 밟고 올라섰습니다.

전쟁과 같은 상황에서 이미
친구란 없어진 지 오래입니다.
이제 그들은 하나의 위협이요,
장애물일 뿐이며, 그들을 딛고 올라서서
위로 올라가야 하는 것입니다.

수단과 방법을 가리지 않고
이겨야 한다는 그의 무서운 집념은
정말 높은 곳에까지 올라올 수 있게
만든 것 같았습니다.

어느 때는 자기의 자리를
겨우 지키고 있는 것이
고작이었습니다.
특히 이럴 때면
그의 내부의 불안한 그림자는
그를 괴롭혔습니다.

몹시 약이 오른 어느 날
그는 더 이상 참을 수 없어
꽥 하고 소리를 질렀습니다.
"도대체 알 수가 없어,
생각해 볼 시간도 없고!"

한데 그의 발 아래 밟혀 있던
노랑 애벌레가 숨을 몰아 쉬며 말했어요.
"너 방금 무어라고 했니?"

"아냐, 혼자말을 하고 있었어,
별로 중요한 건 아니고, 우리가 지금
어디로 가고 있는지 궁금해하고 있었어."
줄무늬는 무안스레 얼버무렸습니다.

“사실은 나도 그것이 무척 궁금했어,
하지만 알아낼 방법도 없고 해서 그건 별로
중요한 일이 아니라고 단정을 내렸어.”
자신의 말에 부끄러움을 느낀 그녀는
얼굴을 붉히며 말을 이었어요.
“우리가 어디로 가는지 걱정하지 않는 것을 보면
그 곳은 틀림없이 좋은 곳일 거야.”
노랑 애벌레는 다시 얼굴을 붉히며 물었습니다.
“꼭대기까지는 얼마나 남은 것 같니?”
줄무늬는 짐짓 무게를 잡고 말했습니다.
“우리가 있는 곳이 밑바닥도 아니고
꼭대기도 아니니 아마 중간쯤에 와 있겠지.”
“정말 그렇겠네.”
노랑 애벌레가 말했습니다.
그들은 다시 발길을 옮겼습니다.

그런데 줄무늬는 다른 생각이 떠올랐습니다.

그는 좋은 기분이
아니었어요.
어떻게 해서든지
꼭대기에 오르겠
다는 욕망을 멀리
던져 버렸어요.

'나와 방금 이야
기를 나눈 애벌레
를 밟고 어찌 올
라갈 수 있단 말
인가?'

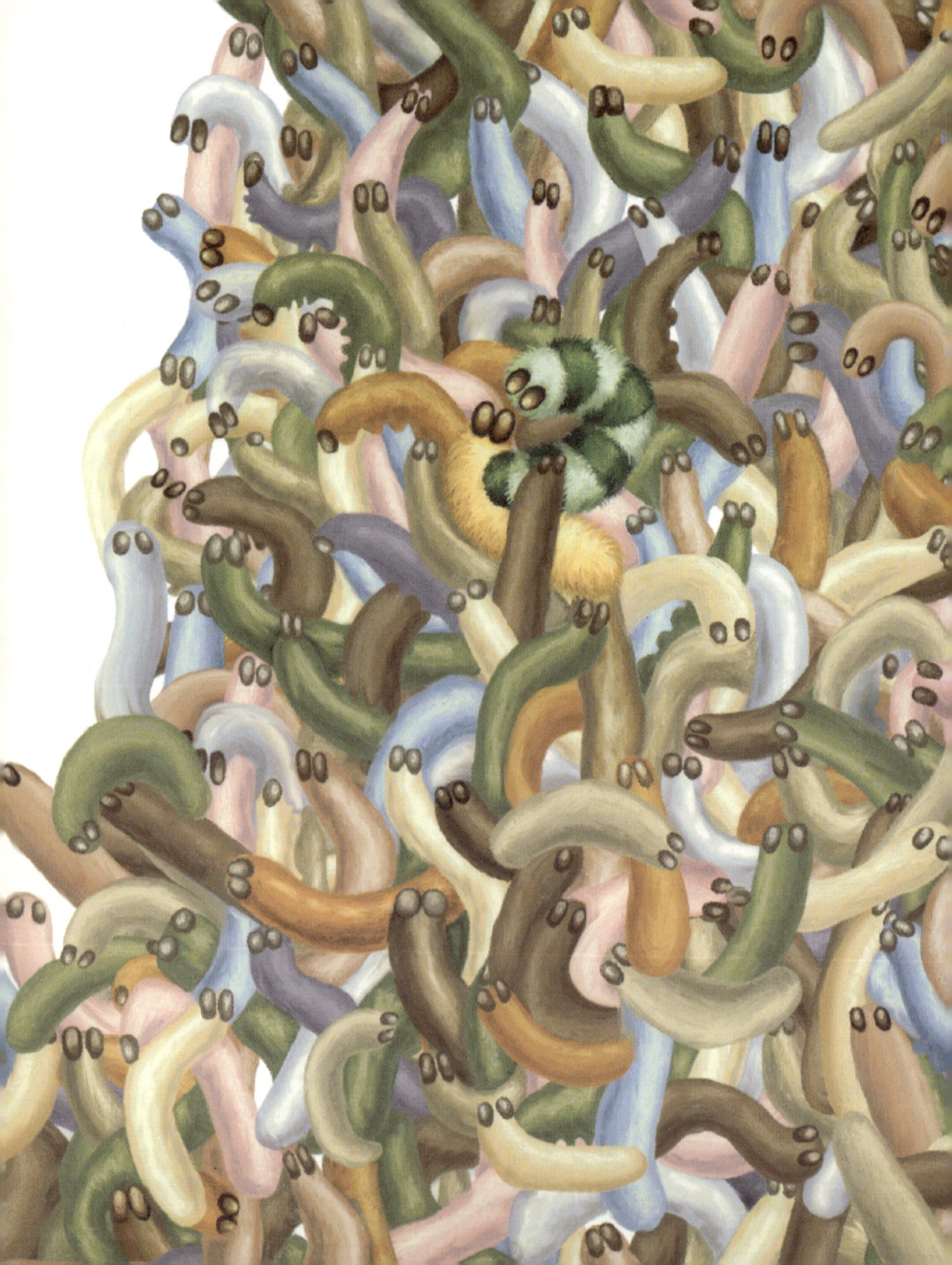

줄무늬는 노랑이와 마주치지 않으려고
무진 애를 써야 했습니다.
그러던 어느 날, 오직 하나뿐인 올라가는
통로를 막고 서 있는 그녀와
만나고야 말았습니다.
"좋아, 둘 중 누가 밟히느냐 올라서느냐 이거다."
하고 말한 뒤, 줄무늬는
그녀를 밟고 올라서고야 말았습니다.

날카로운 시선으로 쏘아보는 눈빛을 보고
자기 자신이 무서운 놈이라 느꼈습니다.
'저 꼭대기에 무엇이 있든 과연
저런 행동을 할 가치가 있단 말인가?'

줄무늬는 밟고 있던 노랑이로부터
기어 내려와서 속삭였습니다.
"미안해."

그러자 노랑 애벌레는 흐느끼기 시작했습니다.
"그 날 너를 만나기 전까지만 해도 나는 저 위에
무엇인가 있을 것이란 희망 속에 지금의
이 삶을 참을 수 있었어,
그런데 그 날 이후로 그런 꿈은 사라졌고
이제 어찌해야 할지 모르겠어,
그 때까지만 해도 나는 이러한 삶을
얼마나 싫어하고 있는지 깨닫지 못했어,
그러나 지금 나를 바라보는 다정한 너의 눈빛은
지금 이 삶을 확실히 싫어하고 있다는 것을
깨닫게 되었어. 그리고 내가 하고 싶은 건
너와 함께 거닐며 풀을 먹는 일이야."

줄무늬 애벌레의 가슴은 요동치기 시작했습니다.
모든 것이 새롭게 보여집니다.
기둥은 아무런 의미도 없는 것 같았습니다.
"실은 나도 그러고 싶어."
하지만 그것은 올라가는 것을 단념하는
의미로, 무척 어려운 결단이었습니다.

“얘 노랑아, 어쩌면 지금 우리는
정상에 가까이 와 있는지도 모르잖아.
우리 다음에 한번 올라가 보지 않을래?”
“그렇게 해도 괜찮겠지.”
그녀는 대답했습니다.

그러나 그들은 곧 이것이 최종 목표가
아니라는 것을 알고 있었습니다.,

“내려가는 게 어때.” 그녀가 말했습니다.
“응 그러자.”
이제 그들은 올라가는 일을 포기했습니다.

수많은 애벌레들이 그들을 밟고 올라오기
때문에 서로 꼭 껴안았습니다.

질식할 것 같은 숨막힘 속에서도
그들은 행복했고, 눈과 배가 밟히지 않게
큰 공처럼 둥글게 만들었습니다.

꽤 오랜 시간 그들은
그냥 그렇게
붙어 있었습니다.

이제는 자신들의
등을 밟고 기어가는 것이
없다는 것을
알게 되었습니다.

그들은 둥글게 뭉쳤던 몸을 펴고
눈을 떴습니다.
그들은 애벌레 기둥 옆에
나와 있었습니다.

"얘, 줄무늬야!" 노랑이가 불렀습니다.
"응, 노랑아!" 줄무늬도 불렀습니다.

그들은 함께 신선하고 푸른 풀밭으로
나아가 실컷 먹고는 휴식을
취하였습니다.

잠들기 전에 줄무늬는
노랑이를 꼭 껴안아 주었습니다.

"이렇게 같이 있는 것이
그 기둥에 오르는 것보다
정말 더 행복해!"
"정말이야!"
그녀는 살포시 웃으면서 눈을 감았습니다.

제 3 장

이렇듯 노랑이와 줄무늬는 풀밭에서
행복하게 노닐며 맛있게 먹고
점점 건강해져 갔으며, 둘은
사랑을 하였습니다.

그들은 또
때로는 싸우던
다른 애벌레들과
싸우지 않아도 되는 것이
정말로 기쁘기만 하였습니다.

한동안 그들은 꼭 에덴 동산에 온 것 같았습니다.
그런데 시간이 흐를수록 서로
포옹하는 일조차
드물어졌습니다.

서로의 몸 구석구석까지 너무나 잘
알고 있었으니까요.

줄무늬 애벌레에겐 이런 상념이
그의 머리를 떠난 적이 없었습니다.
'삶은 정녕 무언가 지금 이 이상의 것이 있을 거야.'

노랑 애벌레는 그가 방황하는 것을 보고
그를 더욱 즐겁게 해 주려고 애를 썼습니다.

"생각해 봐, 우리가 도망쳐 온
그 혼란의 세계보다 지금이
훨씬 좋지 않니?"

"그렇긴 하지만 정상에는
무엇이 있는지 궁금하잖아,
아무래도 우리가 내려온 것은
실수였나 봐.
우린 이제 쉴 만큼 쉬었으니
정상까지 오를 수 있을 거야."
하고 그는 대답했습니다.

“줄무늬야, 제발 그만해 둬” 그녀는 애원했습니다.
“우리에겐 좋은 집이 있고 또 서로를 사랑하잖니,
그러면 됐지. 지금 우리의 생활은
고생하며 기어오르는 저들 모두보다
훨씬 나은 생활이야.”

그녀의 집념이 너무도 확고 부동했기에
줄무늬는 그녀의 말을 믿었습니다.

그러나 그것도
잠깐이었을 뿐입니다.

항상 동반하는 삶에 대한,
줄무늬 애벌레의 안타까운 미련은
점점 심해져 갔습니다.
높다란 기둥의 환상이
그의 머릿속에서 쉽게 떠나지를
않았습니다.
그는 아예 매일 그 곳으로 가서
정상을 바라보며 깊은 생각에
잠기곤 했습니다.

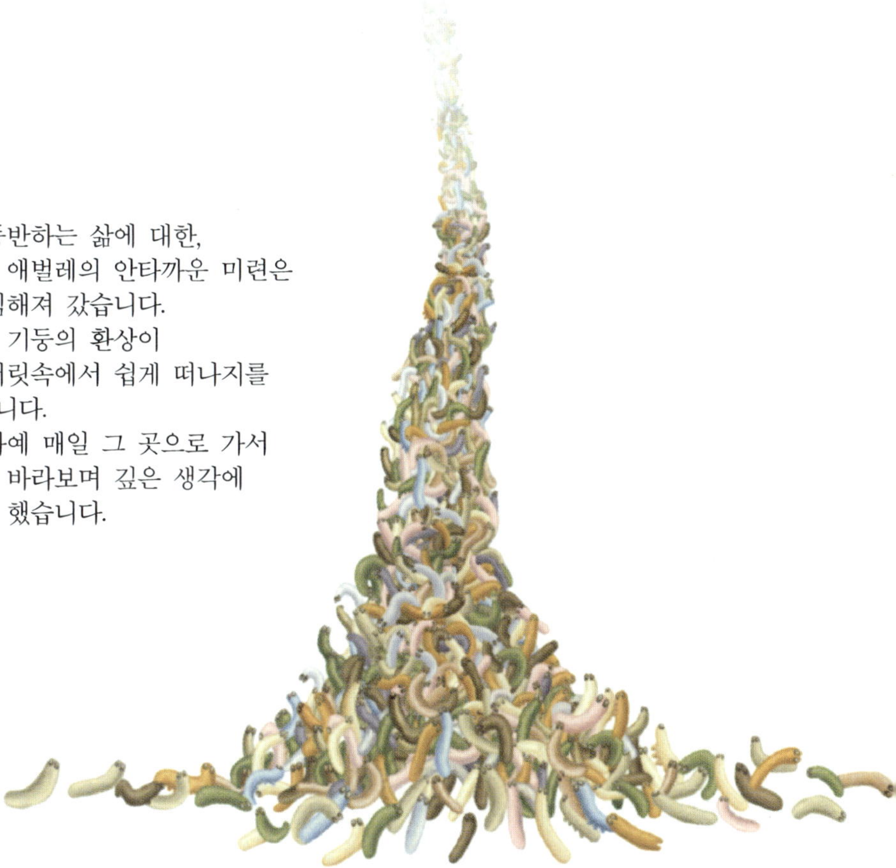

그러나 그 꼭대기는 신기루처럼
확실히 보이질 않았습니다.
어느 날 기둥 주위에서 세 번의……

쿵 하는 소리에 줄무늬는 깜짝 놀랐습니다.
세 마리의 커다란 애벌레가 쭉 뻗어 있었어요.
두 마리는 죽은 것 같았으나
한 마리는 아직 꿈틀거리고 있었습니다.

"도대체 무슨 일이지?
내가 뭐 도와 줄 일이 없니?"
하고 줄무늬가 물었습니다.

그는 괴로운 듯 더듬거리며 말을 이었습니다.
"저 꼭대기…… 그들은 보게 될 거야……
나비들만이…… 꼭……"

애처롭게도 그 애벌레는
숨을 거두고 말았습니다.

줄무늬 애벌레는 집으로 돌아와서
노랑 애벌레에게 이야기를 들려 주었습니다.

그들은 매우 심각했고 서로가
먼저 입을 열려고 하지 않았습니다.
'아리송한 그 이야기는 무슨 뜻일까?'

'그 애벌레들이 최고 꼭대기에서
추락했단 말인가?'

마침내 줄무늬가 말문을 열었습니다.
"꼭 알아내야겠어, 내가 그 꼭대기의 비밀을
밝혀내고 말 거야."

그러고는 부드러운 말씨로 물었습니다.
"나랑 같이 가서 도와 주지 않을래?"

노랑 애벌레는 매우 심각했습니다.
그녀는 줄무늬를 사랑했고, 함께 있고 싶었습니다.
그가 꼭 성공하도록 돕고 싶었습니다.

하지만—그녀는 숱한 시련을 겪으면서까지
올라갈 만한 가치가 있는지 의심스러웠습니다.
그녀도 그 '위에' 오르고 싶었습니다.
기어다니는 이 삶이 결코 그녀에게도
만족한 것은 아니었습니다.
그녀 역시 그 애벌레 기둥이
꼭대기에 이르는 유일한 길이라는 것을
인정하지 않을 수 없었습니다.

노랑 애벌레는 확신에 찬 줄무늬의 모습에
동조하지 못하는 자신이 부끄러웠습니다.
가지 않겠다는 확실한 이유가 없는 그녀로서는
매우 당황했고, 스스로 바보처럼 느껴졌습니다.

그러면서도 어쩐지, 확신할 수 없으면서
행동하는 것보다는 그냥 기다리는 것,
확신을 갖지 못한다는 것이 낫다고 생각되었습니다.

설명할 수도 없고 증명할 수도 없었지만
—그녀의 진실된 사랑에도 불구하고,
그녀는 줄무늬와 같이 올라갈 수가
없었습니다.

기어올라가는 것이 꼭
높은 곳에 도달하는 길만은
아닌 것 같았습니다.

"난 안 가겠어."
그녀는 가슴이 터질 듯
미어지면서도
말했습니다.
줄무늬는 그녀를 두고
올라갔습니다.

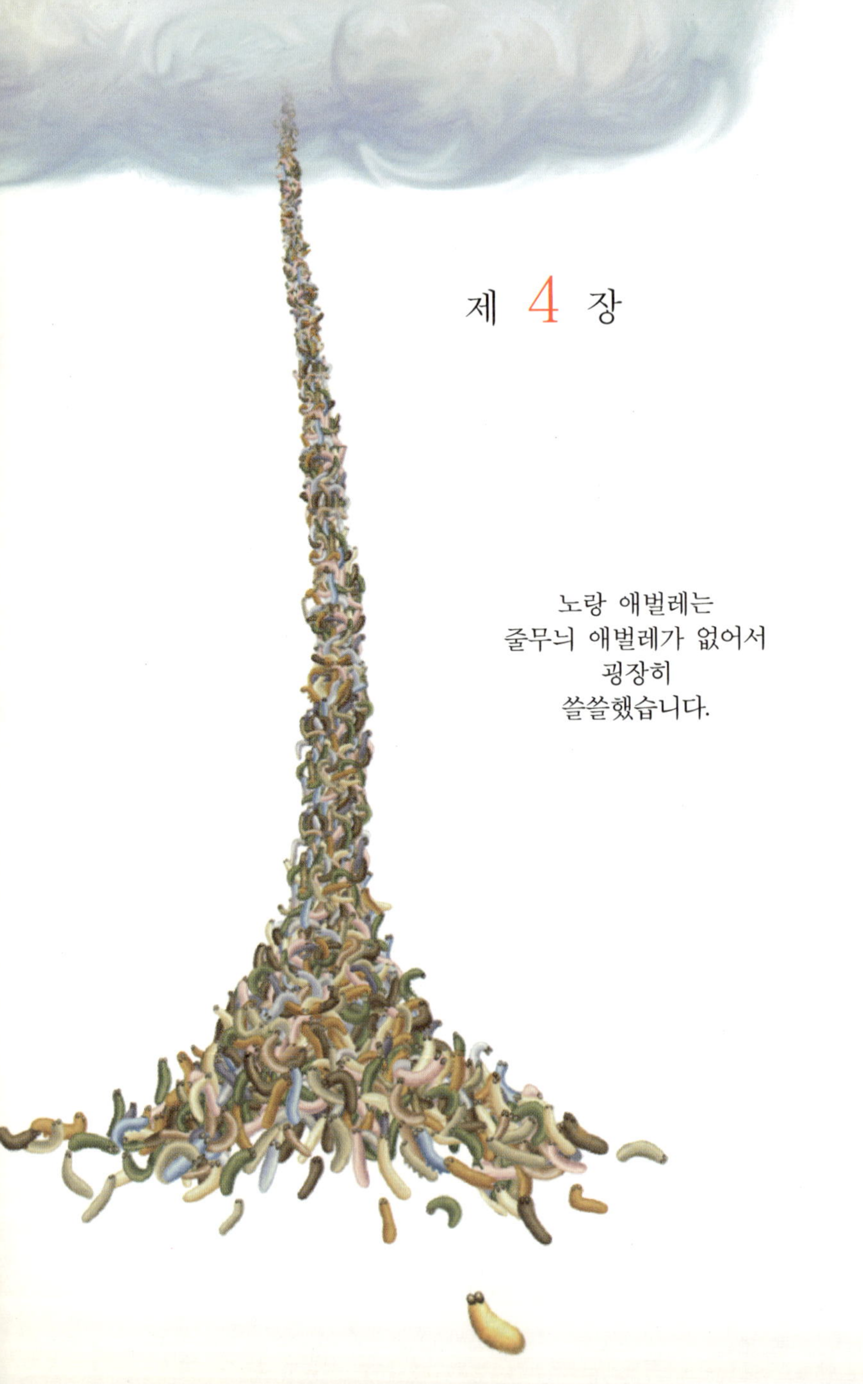

제 4 장

노랑 애벌레는
줄무늬 애벌레가 없어서
굉장히
쓸쓸했습니다.

그녀는 날마다 그를 찾으러 기둥으로 기어갔다가
밤이면 허전한 마음으로 집으로 돌아왔습니다.
그를 발견하지 못한 것이 어쩌면 다행스럽게
느껴집니다. 만약 만났더라면 안 되는 것인 줄을
알면서도 그를 따라갔을 테니까요.
　　　그녀는 그렇게 무작정 기다리고 있느니 차라리
　　무엇이든 하고 싶은 충동이 생겼습니다.

　　"내가 정말로 원하는 것이 도대체 무엇인가?"
　　하고 한숨을 지었습니다.
　　"원하는 것이 시시각각 변한단 말야. 하지만
　　　틀림없이 그 이상의 것이
　　　　있을 거야."

마침내 그녀는 무감각 상태로 되어 버려 친숙했던
모든 것들에 대한 흥미를 잃어버렸습니다.

그러던 어느 날
늙은 애벌레 한 마리가
나뭇가지에 거꾸로 매달려
있는 것을 보고 깜짝 놀랐습니다.
그는 무슨 털보자기에 사로잡혀
있는 것 같았습니다.

"무슨 사고를 당한 것 같은데 구해 드릴까요?"
하고 말했습니다.

"아니야, 괜찮아. 날 수 있게 되려면
이렇게 해야만 돼."

그녀는 몹시 놀랐습니다.
"나비!—바로 그 말."
하는 생각이 들었습니다.
"나비가 무엇인지 얘기 좀 해 주시겠어요?"

"그것은 네가 되어야 할
바로 그것이란다. 그것은
아름다운 두 날개로 날아다니며
하늘과 땅을 연결시켜 주지.
그것은 꽃에 있는 달작지근한
꿀만을 먹으며, 이 꽃에서
저 꽃으로 사랑의 씨앗을
운반해 주기도 한단다.
나비가 없으면 이 세상에
꽃이 없어지는 불행이 올지도 모른단다."

"그럴 리가 없어요."
노랑 애벌레는 가쁜 숨을
몰아 쉬며 말했습니다.

"내 눈에 보이는 것은 다만
솜털투성이의 한 마리 벌레뿐인데
내 속과 당신의 속에 어떻게
한 마리의 나비가 들어 있다고
믿나요?"

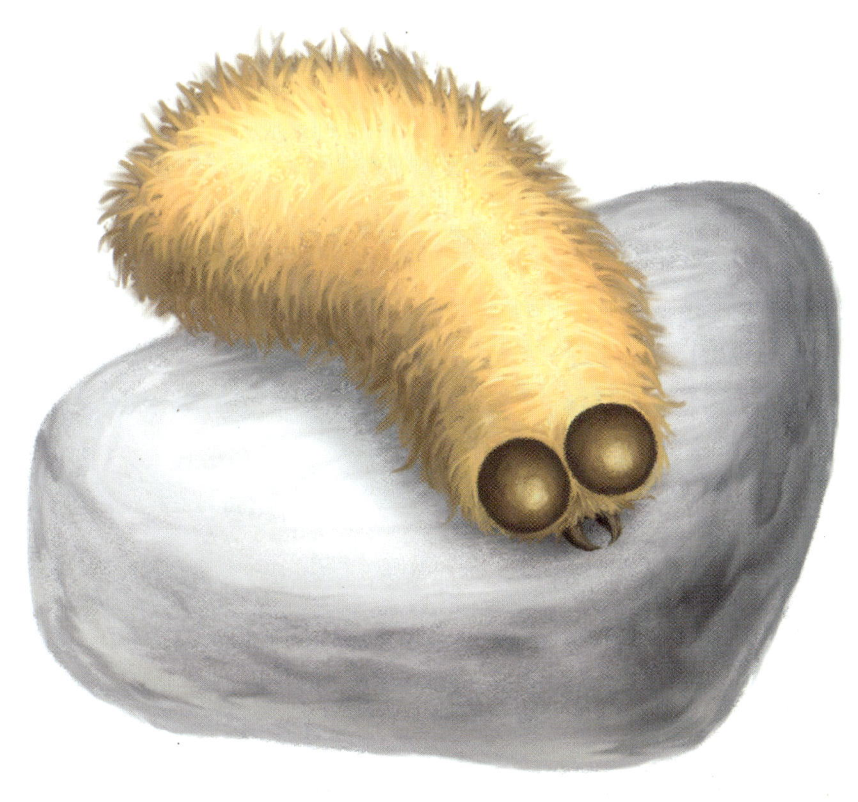

"어떻게 나비가 될 수 있나요?"
그녀는 생각하면서 물었습니다.

"한 마리 애벌레의 상태를 기꺼이 포기할 수
있을 만큼 절실히 날기를 원할 때 가능한 일이란다."

"목숨을 버리라는 말씀인가요?"
하고 반문했습니다. 순간 위에서부터 떨어진
세 마리의 애벌레가 생각났습니다.

    "그렇다고 할 수도 있고
    그렇지 않다고도 할 수가 있지.
    너의 '겉모습'은 죽어 없어지더라도
    너의 '참모습'은 여전히 살아 있을 것이다.
    나비가 되어 보지도 못하고 죽어 버린
    그 애벌레들과는 천지 차이란다."
    하고 그가 대답했습니다.

"그럼 나비가 되고자 결심하면
나는 무엇을 해야 합니까?"
노랑 애벌레는 조심스레 물었습니다.

"나를 잘 보아라, 나는 지금 고치를 만들고 있단다.
내가 마치 숨어 버리는 것같이 보이지만
그것은 결코 도망가는 것이 아니란다.
변화가 일어나는 동안 잠시 머무르는
휴게소나 같은 것이란다.
애벌레의 삶으로 결코
돌아갈 수 없는 것이니까
하나의 커다란 발전이야.
변화가 일어나는 동안 너나
나 또한 누구의 눈에도 변화가
없는 것처럼 보일지 모르겠지만
이미 나비가 만들어지고 있는 것이란다.

다만 시간이 좀 걸릴 뿐이야!"

"그리고 또 다른 것이 있단다,
일단 네가 나비로 변한 후에는
'진정한 사랑'을 할 수가 있는 것이다.
새로운 삶을 탄생케 하는 그런 사랑을 말이야.
그건 애벌레들이 갖고 있는 사랑보다 더 훌륭한 것이지."

"아, 그럼 난 달려가서 줄무늬를 데려와야겠어요."
하고 노랑 애벌레는 말했습니다. 그러나 그녀는
가엾게도 그가 그 기둥 속으로 너무 깊이 들어가
있어 찾을 수 없음을 알고 있었던 것입니다.

"슬퍼하지 말아라, 네가 만약 나비로 변한다면
날아가서 나비가 얼마나 아름다운지
보여 줄 수 있지 않겠니? 그러면
그도 나비가 되고 싶어할 거야."
새 친구는 말했습니다.

노랑 애벌레는 가슴이 찢어질 듯 슬펐습니다.
"줄무늬가 돌아와서 내가 없으면 어쩌나?
그가 새로운 내 모습을 몰라보면 어떡 하나?
그냥 애벌레 상태로 남겠다고 우기면 어쩐다지?
우리는 애벌레로서 적어도 '무엇인가'를 할 수 있지 않은가,
—기어다니거나 먹는 것을.
어떤 식으로든 사랑할 수도 있고
두 개의 고치가 과연 함께 있을 수 있을까?
고치 속에 갇히게 된다는 건 끔찍한 일이거든."
날개를 가진 화려한 존재로 변할 수 없을 것 같은 느낌인데
하나뿐인 생명을 걸 수 있단 말인가?

그녀는 앞으로 무엇을 해야 하는가?
　　—자신의 고치를 만들 만큼 확신에 차 있는
　　한 마리의 털뭉치를 보면서.
　　—또한 그녀로 하여금 그 기둥을 멀리하게 하였고
　　나비에 관해 들었을 때 가슴을 뛰게 했던
　　그 야릇한 희망을 간직한 채.

늙은 애벌레는
비단실로 계속해서
자신을 덮어 갔습니다.
그는 마지막 실을 뽑아
머리를 감아 덮으면서
소리쳤습니다.

"너는 한 마리 아름다운 나비가 될 수 있어,
우리는 모두 너를 기다리고 있을 것이다!"

그래서 노랑 애벌레는 나비가 되고자
모험을 하기로 결심했습니다.

그녀는 용기를 얻고자 그 고치 바로 옆에
매달려서 자신의 실을 뽑아내기
시작했습니다.

  "어머나,
  내가 이런 것을 할 수 있으리라고는
  생각도 못 했었는데!
  제대로 되어 가는 것 같은데—
  용기도 생기고 말이야.
  나의 내부에 고치를 만들 수 있는 재료가
  들어 있다면—나비가 될 수 있는 자질도
  있을지 모르겠는걸."

제 5 장

한편 줄무늬 애벌레는 그전보다 훨씬 빨리
올라갔습니다. 그는 밖에서 잘 먹으며 휴식을
했기 때문에 몸집은 컸고 힘도 세어졌습니다.
처음부터 그는 꼭대기에 도달하고자 단단히
마음을 먹었습니다.

그는 다른 애벌레들과 눈이 마주치지 않도록
조심했습니다. 그는 그와 같은 인연이 얼마나
치명적인가를 잘 알고 있었기 때문입니다.
또한 노랑이를 잊으려고 무척 애를 썼습니다.
그는 감상적인 생각이나, 집념, 약한 마음이
생기지 않도록 굳게 마음을 먹었습니다.

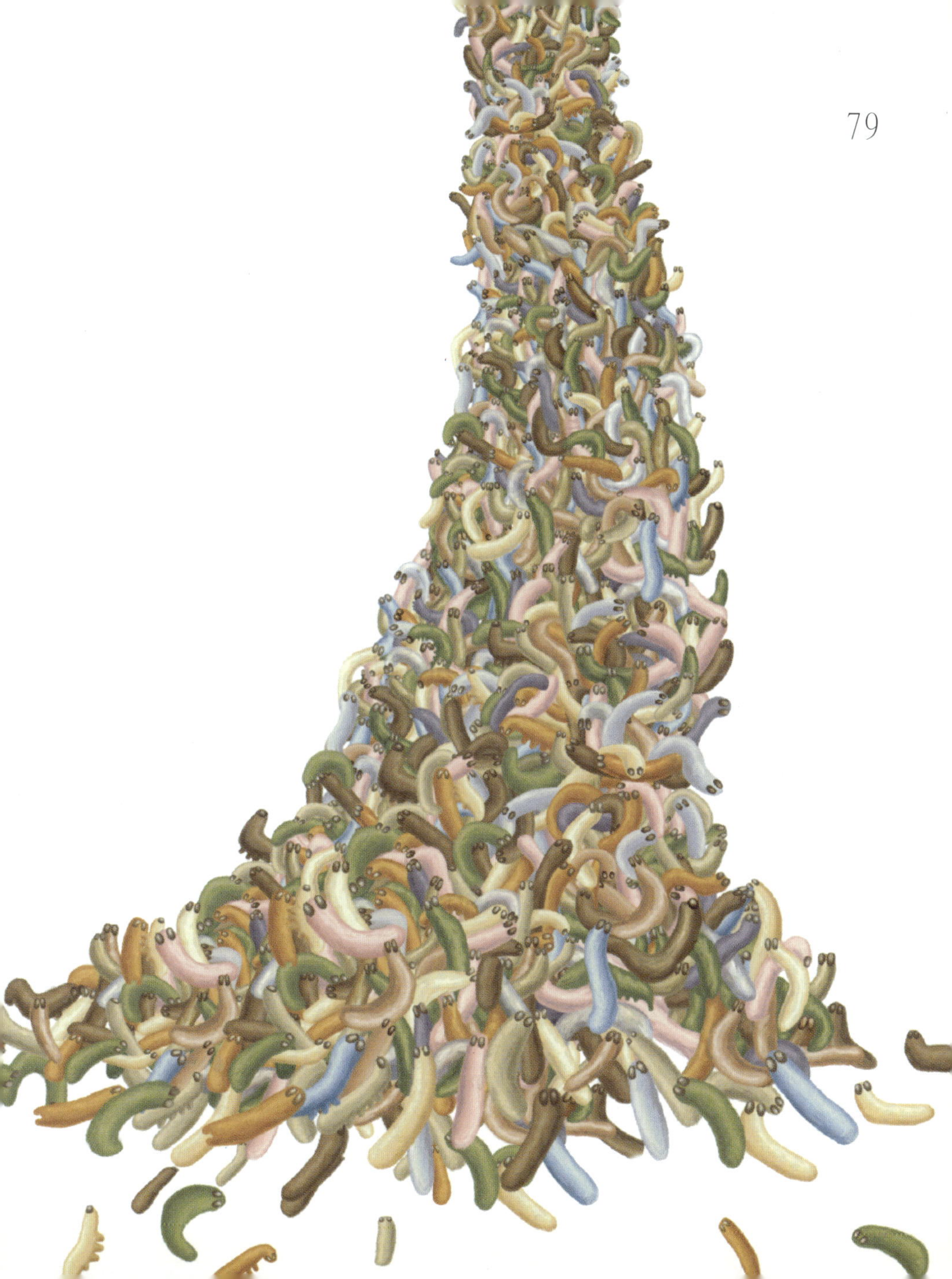

다른 애벌레들이 보기에 그는 단순히 독한 마음으로
하는 것이 아니라, 무자비할 정도였습니다.
기어오르고 있는 애벌레의 무리 가운데서도
그는 특출한 존재였습니다.,

그는 자신이 다른 애벌레들의 적이라고는 생각하지
않았습니다. 꼭대기에 오르려면 어쩔 수 없었어요.

만약 누군가 불평한다면 이렇게 대답할 생각입니다.

> "네가 성공하지 못했다고
> 나를 원망하지 말라.
> 우리가 살아가는 이 삶은
> 험난한 거야. 그러니
> 마음을 독하게 먹으라고."

그러던 어느 날, 그는 목적지 가까운 곳에
도달할 수 있었습니다.

줄무늬 애벌레는 여지껏 용전 분투해 왔으나
꼭대기에서 빛이 나오는 지점에 이르러서는 거의
지쳐 있었습니다. 이 높이에서는 거의 아무도
움직이는 것이 보이지 않았습니다.

모두들 여기까지 올라오는 동안 익힌 기술을
총동원해야 간신히 제자리를 지킬 수
있었습니다.

이제 이 곳은 아무런 대화도 없었습니다.
살갗만 서로 맞대고 있을 뿐, 그들은 서로에게
고치에 숨어 버린 존재와 같았습니다.

어느 날 줄무늬 애벌레는 자기 위에 있는
애벌레가 하는 말을 듣게 되었습니다.

"저것들을 없애 버리지 않고서는
아무도 더 높이 올라갈 수 없겠는걸!"

이 말을 들은 지 얼마 지나지 않아 그는 굉장한
압력과 진동을 느꼈고, 순간 비명과 함께 몇 마리의
애벌레가 추락사했습니다. 무서운 정적이 감돌았습니다.

이제 빛은 더욱 밝게 비쳐 왔고.

줄무늬 애벌레는 또 다른 사실에 크게 놀랐습니다.
이 기둥의 의문이 풀렸습니다. 그전에 세 마리의
애벌레에게 일어난 일이 무엇인지
그는 이제 알게 된 것이었습니다.
이 기둥 위에서 꼭 생기게 되어
있는 일을 그는 지금 깨달은
것입니다.
좌절의 비참함이
줄무늬 애벌레에게
파도처럼 밀려옵니다.
그러나 이것이 위로 가는
유일한 길이라고 믿고 있을 때
그는 꼭대기에서 속삭이는 소리를 들었습니다.
"야! 이 꼭대기에는 아무것도 없어!"
"이 바보야, 조용히 해, 저 아래서 듣잖아.
저들이 올라오고 싶어하는 곳이 바로 여기야."
줄무늬의 등에서 식은땀이 흘렀습니다.
"이렇게 올라온 것이 헛일이라니!
아래서 볼 때만 굉장하게 보였구나."

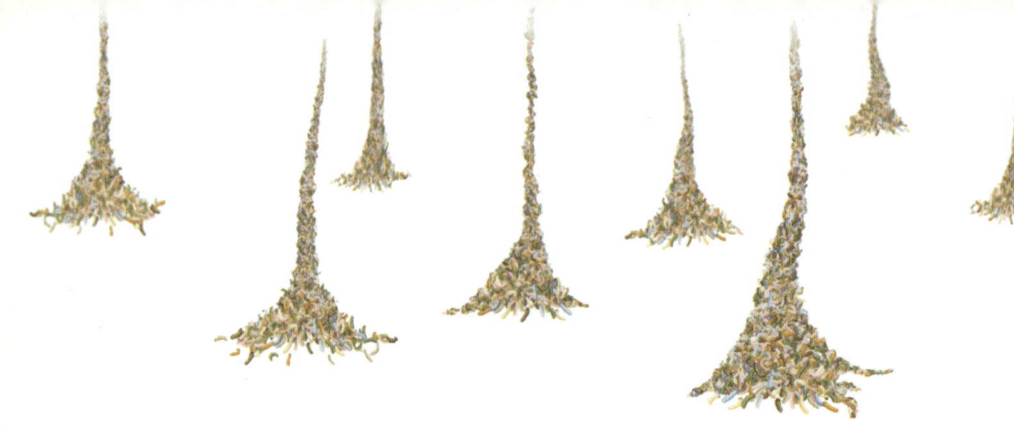

또다시 위에서 속삭이는 소리가 들렸습니다.
"야! 저것 좀 봐, 또 다른 기둥이야—저기에도—
저기 또—사방에 다 있네!"
줄무늬 애벌레는 실망과 분노를 느꼈습니다.
"내가 올라온 이 기둥이 수많은 기둥들 중의
하나라고! 참으로 어리석었구나!
정말 잘못되어 있는 것은 분명한데,
하지만……다른 무엇이 있단 말인가?"
그는 신음과 한숨을 토해 내었습니다.

노랑 애벌레와 함께 했던 시간이 까마득한
옛날로만 느껴졌습니다, 그렇게 오래 된 것은 아니지만.
'노랑 애벌레야!' 그녀의 모습이 떠올랐습니다.
'너는 무엇인가 알고 있었지? 그렇지?
기다림이 바로 용기란 말인가?
그녀의 말이 옳았었는지도 몰라, 그녀와 함께 있으면
얼마나 좋을까, 내려갈 수 있을 거야.
내려갈 수 있을 거야, 아마 우습게 보이겠지만
여기서 생기는 불행한 일보다 낫겠지.'
라고 생각했습니다.

그러나 줄무늬 애벌레는 옆에 있는 애벌레들이
갑자기 꿈틀거리는 바람에 더 이상
생각할 여유가 없었습니다.
모두들 제각기 꼭대기로 올라가는 통로를 찾아
마지막 안간힘을 쓰는 것 같았습니다.

마침내 한 마리가 가쁜 숨을 쉬며 말했습니다.
"우리 모두 힘을 합해서 밀어 보자.
그래야 꼭대기에 올라갈 수 있을 것 같아.
어기 영차! ─위에 있는 놈들이
언제까지나 버티지는 못할 거야!"

그러나 그들이 행동을 개시하기 전에
함성과 함께 또 다른 술렁임이
일어났습니다. 줄무늬는
왜 그럴까 하고 가장자리로
헤집고 나갔습니다.

황홀한 노랑 날개를 가진
한 마리의 생명체가
벌레들의 기둥 주위를
빙빙 맴돌고 있었습니다.
정말 멋진 광경이었습니다.
기어올라오지 않고 어떻게
이처럼 높이까지 올 수 있었을까?

줄무늬 애벌레가 머리를 내밀자
그 날개 달린 존재는 그를 알아보는 것같이
두 다리를 뻗쳐서 그를 움켜잡으려 했습니다.

줄무늬 애벌레는 끌려나가기 직전
몸을 움츠렸습니다. 그러자 그 화려한 존재는
슬픈 얼굴로 그의 두 눈을 바라보았습니다.

그 눈길은 줄무늬 애벌레가 기둥을 본 뒤로
한 번도 느끼지 못했던 흥분을 다시
느끼게 해 주었습니다.

그 옛날 들었던 이야기가
다시 떠올랐습니다.

"나비들만이……."

‘이것이 나비란 말인가?’
그러면 나머지 말은 무슨 뜻일까?―
‘꼭대기를…… 그들을 보게 될 것이다……’

모두들 무척 이상했지만 짐작이
안 가는 것도 아니었어요.
그리고 노랑 애벌레의
눈길과 흡사한 눈빛.

혹시!?……

아니다, 그럴 리가 없어! 그러면서도
흥분된 마음을 가라앉힐 수가 없었습니다.
그는 기쁜 생각이 들었습니다.
어쩌면 이 곳을 벗어날 수 있다는 느낌.
그 존재가 데려다 줄지도 모르니까요.

하지만 이런 일이 정말로
일어날 수 있다는 생각이 드는 반면
그의 내부에서는 또 다른 생각이
고개를 들었습니다. 이처럼 후회해서는
안 된다는 생각이었습니다.

그 생명체와 시선이 마주쳤을 때
거기에는 무한한 사랑이 내포되어 있었습니다.
그는 자신이 그런 사랑을 받을 자격이
없다고 생각했습니다.

그는 삶의 태도를 바꾸어 보고 싶었습니다.
다른 이들을 바라보기를 거부했던 과거를
보상받고 싶었습니다. 그는
그녀에게 자신의 감정을
이야기하려 했습니다.
아울러 몸부림도 중단했습니다.
다른 애벌레들은 마치 그를 미친 듯이
바라보고 있었습니다.

제 6 장

그는 방향을 바꾸어 아래로 내려가기 시작했습니다.
이번에는 몸을 도사리지도 않았고, 온몸을 쭉 펴고
모든 애벌레의 눈동자를 똑바로 쳐다보았습니다.
그들의 눈이 제각기 다르면서도 아름다움에 놀랐고,
옛날에 그것을 알아보지 못한 자신에 대해서
또 한 번 놀랐습니다.

그는 애벌레 하나하나에게 속삭여 주었습니다.
"내가 꼭대기에 갔다왔는데 아무것도 없었어."

그들은 올라가는 일에 열중하여 그의 말을
주의 깊게 듣지 않았습니다. 한 애벌레가 말했습니다.
"공연히 샘이 나서 그러지. 가보지도 않고 말이야."

그러나 몇몇 애벌레는 그 소리에 충격을 받았고
올라가던 걸음을 멈추고 그의 말에 귀를
기울이는 것도 있었습니다.
그들 중의 하나가 힘겨운 목소리로 물었습니다.
"그것이 사실이라도 그런 말을 말아,
우리는 달리 어떻게 해 볼 도리가 없잖아!"

“우리는 ‘날 수’ 있어!
우리는 ‘나비가 될 수’ 있는 거야!
꼭대기에는 아무것도 없어
전혀 신경쓸 필요가 없단 말이야!”
줄무늬의 대답은 모두를 깜짝 놀라게 했습니다.
자신들의 귀를 의심하면서……
자기 자신의 말 속에서 그는 깨달았습니다.
지난날 그가 높이 올라가려는 본능을
엉뚱한 것으로 잘못 생각했었다는 사실을……
〈꼭대기〉에 오르기 위해서는
기어올라가는 것이 아니라
날아가야 한다는 것입니다.

줄무늬 애벌레는 자기 내부에
나비가 들어 있을 것이라는 기쁨에 들떠
모든 애벌레들을 바라보았습니다.

그러나 그들의 반응은 전보다 더 혹평이었습니다.
그는 그들의 눈동자에 어린 두려움을 보았습니다.
그들은 가던 걸음을 멈추고 들으려 하지 않았고
대꾸조차 않으려 했습니다.

그에게 이 즐겁고 행복한 새로운 사실은
감당하기 벅찬 것이었고—도저히
진실로 받아들여지지 않았습니다.

행여 정말 사실이 아니라면?

그 기둥에 비쳤던 희망의 빛은 사라졌고, 모든 것이
혼란스럽고 비현실적인 것 같았습니다.

내려가는 길이 점점 멀어만 보이고
나비에 대한 동경도 희미해져 갔습니다.

줄무늬 애벌레는 갑자기 등골이 오싹해졌습니다.
그 기둥이 어마어마하게 느껴집니다.

그는 꿈틀거리며 나아갔습니다.
자신 없이—맹목적으로.
믿음을—나비에 대한—버리는 것은
옳은 일이 아닌 것 같았지만
믿을 수도 없는 것 같았습니다.

아주 못생긴 한 애벌레가 빈정대었습니다.

"그런 말을 어떻게 믿으라고 말하니?
우리들의 삶은 땅에서 기어오르는 것이야.
우리들의 모습을 아무리 살펴봐,
우리 내부에 나비가 있을 것 같니?
애벌레의 삶이나 열심히 즐기는 거야!"

‘어쩌면 그가 옳을지도 몰라,
나에게 무슨 증거라도 있는 것이 아니잖아.
그렇다면 그것이 꼭 필요하니까 내가 다만
만들어 낸 것에 불과하단 말인가?’
줄무늬는 한숨만 토할 뿐입니다.

그는 아픈 가슴을 안고 자기의 속삭임을
들어줄 눈빛을 찾으며 계속 내려왔습니다.

“나는 나비를 보았어―
삶이란 보다 무엇인가
충만한 것이 있을 거야.”

그러던 어느 날—드디어
그는 맨 아래까지 내려왔습니다.

제 7 장

피곤에 지친 몸과 슬픈 마음으로
줄무늬는 지난날 노랑 애벌레와
자기가 뒹굴며 놀던 옛 풀밭으로
기어가 보았습니다.
하지만 그녀는 거기에 없었습니다.

그렇지만 그는 기진맥진하여
더 이상 멀리 갈 수도 없었습니다.

그는 몸을 움츠린 채 깊은 잠이 들었습니다.

이윽고 잠에서 깨어나 보니
그 노랑 생명체가 눈부신 날개로
그에게 부채질을 해 주고
있었습니다.

"이게 꿈이 아닌가?"
그는 어리둥절했습니다.

그러나 그 꿈 속 같은 행동은
너무나 현실적이었습니다.
그녀는 그윽한 사랑의 눈길로
그도 나비가 될 수 있다는 것을
믿도록 이야기해 준 것입니다.

그녀는 조금 떨어진 곳까지 갔다가
되돌아 날아와서는 줄무늬에게
따라오라는 듯 몇 번이고
되풀이하였습니다.

그는 사랑을 따라갔습니다.

어느덧 그들은
낯선 나뭇가지에 이르렀습니다.
그 가지에는 찢어진 고치 두 개가
허공에 매달려 있었습니다.

처음에 그녀는 머리를
다음에는 꼬리를 자꾸만 그 중
하나에 들이밀었습니다.

그러고는 그에게로 날아와서
어루만져 주었습니다.

그녀의 더듬이는 가늘게 떨리고 있었고
그녀가 무엇인가 말을 하고 있음을
짐작했습니다.

그는 도무지 알아들을 수가 없었어요.

그러나 그는 서서히
이해할 수가 있었습니다……

……마침내 그가 무엇을 해야 하는지를
깨닫게 되었습니다.

줄무늬 애벌레는 기어올라 갔습니다.
—또다시.

날은 점점 어두워지고 있었고
그는 몹시 두려워졌습니다.

그는 모든 것을
포기해야 되는 것이
아닌가 생각했습니다.

모든 것을……

그러는 동안에도 노랑나비는
기다리고 있었습니다……

……그러던 어느 날……

끝……

……아니·이·제·부·터·새·삶·의·시·작·입·니·다·

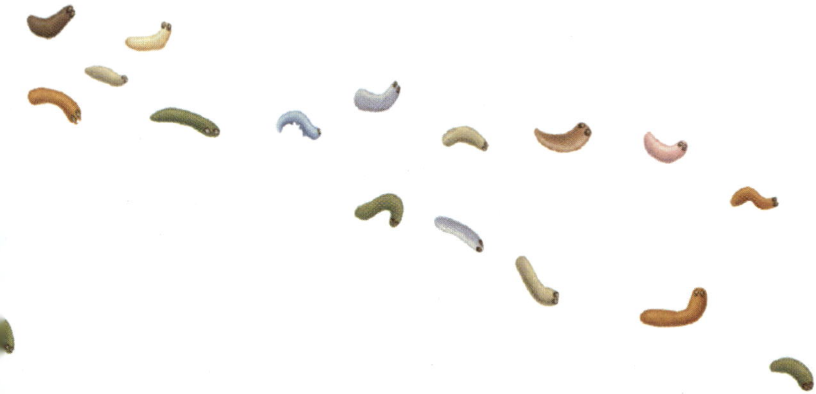

지은이의 말

아름다운 세상이 되려면 많은 꽃을 심어 수많은
나비가 생존케 해야 합니다. 한 권의 책을
엮어내는 데는 많은 사람이 필요합니다.
어느 미술가에게 그 그림을 그리는 데 얼마나
시간이 소요되었느냐고 물어보았습니다.
"5분이 걸렸고, 또한 나의 전생애가 걸렸습니다."
하고 대답했습니다. 이 책도 그와 다를 것이 없습니다.
저는 이 책을 펴내는 데 도와주신 모든 분들과―
이 책을 쓸 수 있도록 저의 전생애에 영향을 주신
분들께 진심으로 감사를 드립니다.
'저의 전생애에 영향을 주신 분들'에게는 이 책
자체가 저의 가장 큰 감사의 표시가 될 줄 압니다.
이 책은 제가 알고 있는 사람과 비록 알지는 못해도
정의가 꽃피는 평화로운 세상에서 저와 더불어
'보다 나은 삶'을 갈구하는 분들을 위하여
씌어진 것입니다.

hope for the flowers

꽃들에게 희망을

트리나 폴러스

hope for the flowers

꽃들에게 희망을

트리나 폴러스

page 6

My thanks to everyone all over the world who has helped me believe in the butterfly.

This is the tale of a caterpillar who had trouble becoming what he really is.

it's like myself—like us.

love,

Trina

to the "more" of life—the real revolution.

and to my father who believed in it

page9

CHAPTER 1

Once upon a time a tiny striped caterpillar burst from the egg which had been home for so long.

"Hello world," he said.

"It sure is bright out here in the sun."

page 10

"I'm hungry," he thought and straightway began to eat the leaf he was born on.

And he ate another leaf⋯⋯and another⋯⋯and another.

And got bigger⋯⋯and bigger⋯⋯ and bigger⋯⋯

page 11
Until one day he stopped eating and thought,
"There must be more to life than just eating and getting bigger."
"It's getting dull."

page 12
So Stripe crawled down from the friendly tree which had shaded and fed him. He was seeking more.

page 14
There were all sorts of new things to find.
Grass and dirt and holes and tiny bugs—each fascinated him.
But nothing satisfied him.

page 17

When he came across some other crawlers like himself he was especially excited.

But they were so busy eating they had no time to talk—just as Stripe had been.

"They don't know any more about life than I do," he sighed.

page 18

Then one day Stripe saw some crawlers really crawling. He looked around for their goal and saw a great column rising high into the air.

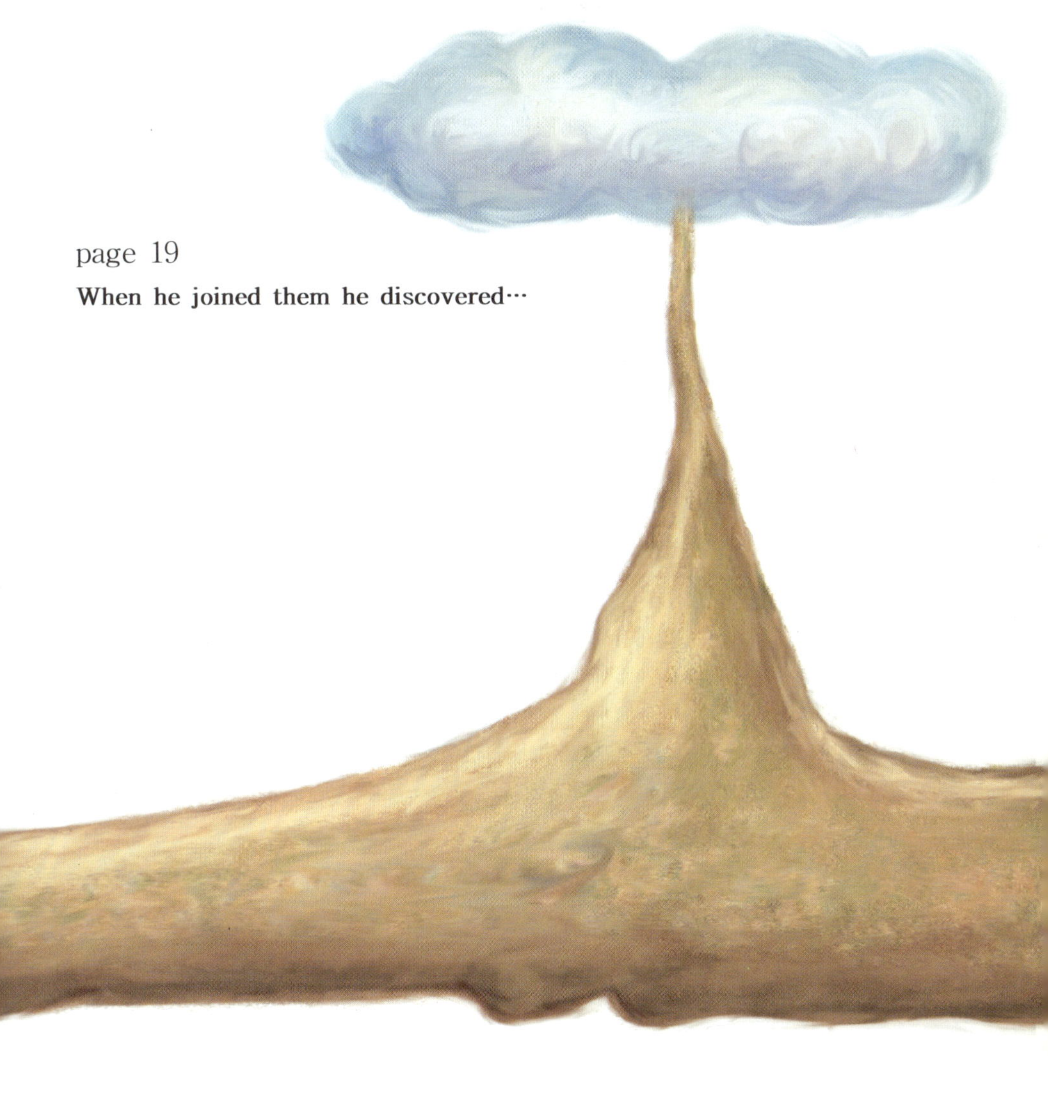

page 19

When he joined them he discovered···

page 20

···the column was a pile of squirming, pushing, caterpillars—a caterpillar pillar.

page 22

It appeared that the caterpillars were trying to reach the top—but the top was so lost in the clouds that Stripe had no idea what was there.

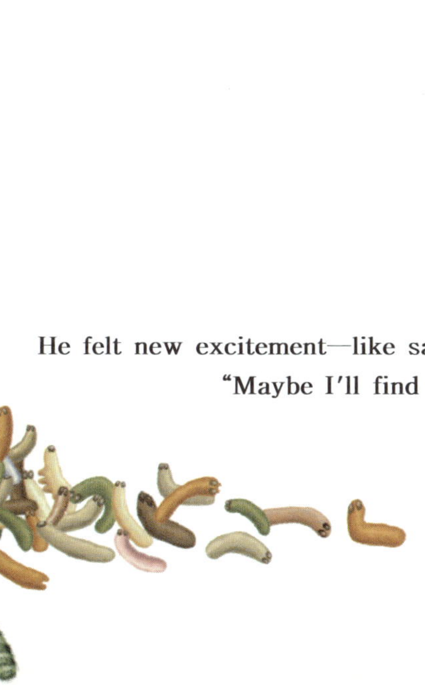

page 23

He felt new excitement—like sap rising in the spring.

"Maybe I'll find what I'm looking for."

page 24

Full of agitation Stripe asked a fellow crawler:

"Do you know what's happening?"

"I just arrived myself," said the other.

"Nobody has time to explain; they're so busy trying to get wherever they're going—up there."

"But what's at the top?" continued Stripe.

"No one knows that either but it must be awfully good because everybody's rushing there.

Goodbye ; I've no more time!" He plunged into the pile.

page 25

Stripe's head was bursting with the new drive. He couldn't get his thoughts together. Every second another crawler passed him and disappeared into the pillar.

"There's only one thing to do." He pushed himself in.

154
CHAPTER 2

page 27
The first moments on the pile was a shock.
Stripe was pushed and kicked and stepped on from every direction.
It was climb or be climbed……

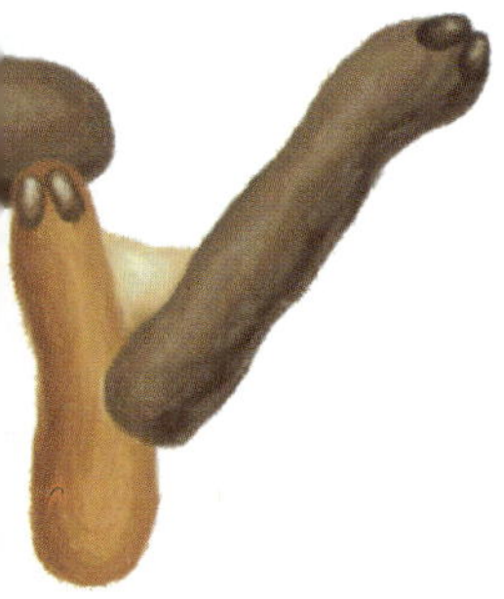

page 29

……Stripe climbed.

No more fellow caterpillars on Stripe's pile—they became only threats and obstacles which he turned into steps and opportunities.

This single‑minded approach really helped and Stripe felt he was getting much higher.

But some days it seemed he could manage only to keep his place.

It was especially then that an anxious shadow nagged inside.

"What's at the top?" it whispered.

"Where are we going?"

page 30

On one exasperated day Stripe couldn't stand it any longer and actually yelled back:
"I don't know, but there's no time to think about it!"
A little yellow caterpillar he was crawling over gasped:
"What did you say?"
"I was just talking to myself," Stripe mumbled.
"It really isn't important—I was just wondering where we're going?"

page 32

"You know," Yellow said, "I was wondering that myself but since there's no way to find out I decided it wasn't important."

She blushed at how silly this sounded—quickly adding, "No one else seems to worry about where we're going so it must be good."

But she blushed again.

"How far are we from the top?"

Stripe answered gravely, "Since we're not at the bottom and not at the top we must be in the middle."

"Oh," said Yellow, and they both began climbing again.

But now Stripe had a new feeling.

page 33
He felt bad.
He had lost
his single
mindedness.
"How can I
step on
s o m e o n e
I've just
talked to?"

page 35

Stripe avoided Yellow as much as possible, but one day there she was, blocking the only way up.

"Well, I guess it's you or me," he said, and stepped squarely on her head.

Something in the way Yellow looked at him made him feel just awful about himself.

Like : no matter what is up there—it just isn't worth it.

Stripe crawled off Yellow and whispered, "I'm sorry."

page 36

And Yellow began to cry : "I could stand this life hoping in what was ahead until I met you talking to yourself that day. Since then my heart just hasn't been in it—but I don't know what to do."
"I didn't know how badly I felt about this life until then. Now when you look at me so kindly, I know for sure I don't like this life. I just want to do something like crawl with you and nibble grass."
Stripe's heart leapt inside.
Everything looked different.
The pillar made no sense at all.
"I would like that too," he whispered.
But this meant giving up the climb—a hard decision.

page 37

"Yellow dear, maybe we're close to the top. Maybe if we help each other we can get there quickly."

"Maybe," she said.

But they both knew this wasn't what they wanted most.

"Let's go down," Yellow said.

"Okay." And they stopped climbing.

They clung to each other as masses of caterpillars crawled over them.

The air was terrible but they were happy with each other and made a big ball so nobody could step in their eyes and stomachs.

page 38
They did nothing at all for what seemed a long time.
Suddenly they didn't feel anything crawling over them.
They unrolled and opened their eyes.
They were at the side of the caterpillar pillar.

page 40
"Hi, Stripe," said Yellow.
"Hi, Yellow," said Stripe.
And they crawled off into some fresh, green grass to eat and take
a nap.

page 41
Just before they fell asleep Stripe hugged Yellow.
"Being together like this is sure different from being crushed in that crowd!"
"It sure is!"
She smiled and closed her eyes.

page 42

CHAPTER 3

So Yellow and Stripe romped in the grass and ate and grew fat and loved each other.

They were so glad not to be fighting everybody every moment.

page 44
It was like heaven for a while.
But as time passed even hugging each other seemed a little boring.
Each knew every hair of the other.

page 45
Stripe couldn't help wondering.
"There must be still more to life."

page 47
Yellow saw how restless he was and tried to make him extra happy and comfortable.

"Just think how much better this is than that awful mess we left," she said.

"But we don't know what's at the top," he answered.

"Maybe we were wrong to come down. Maybe now that we've rested the two of us could make it to the top."

page 48

"Dear Stripe, please," she begged. "We have a nice home and we love each other and that's enough. It's so much more than all those lonely climbers have."

She was so sure, Stripe let her convince him. But only for a while—

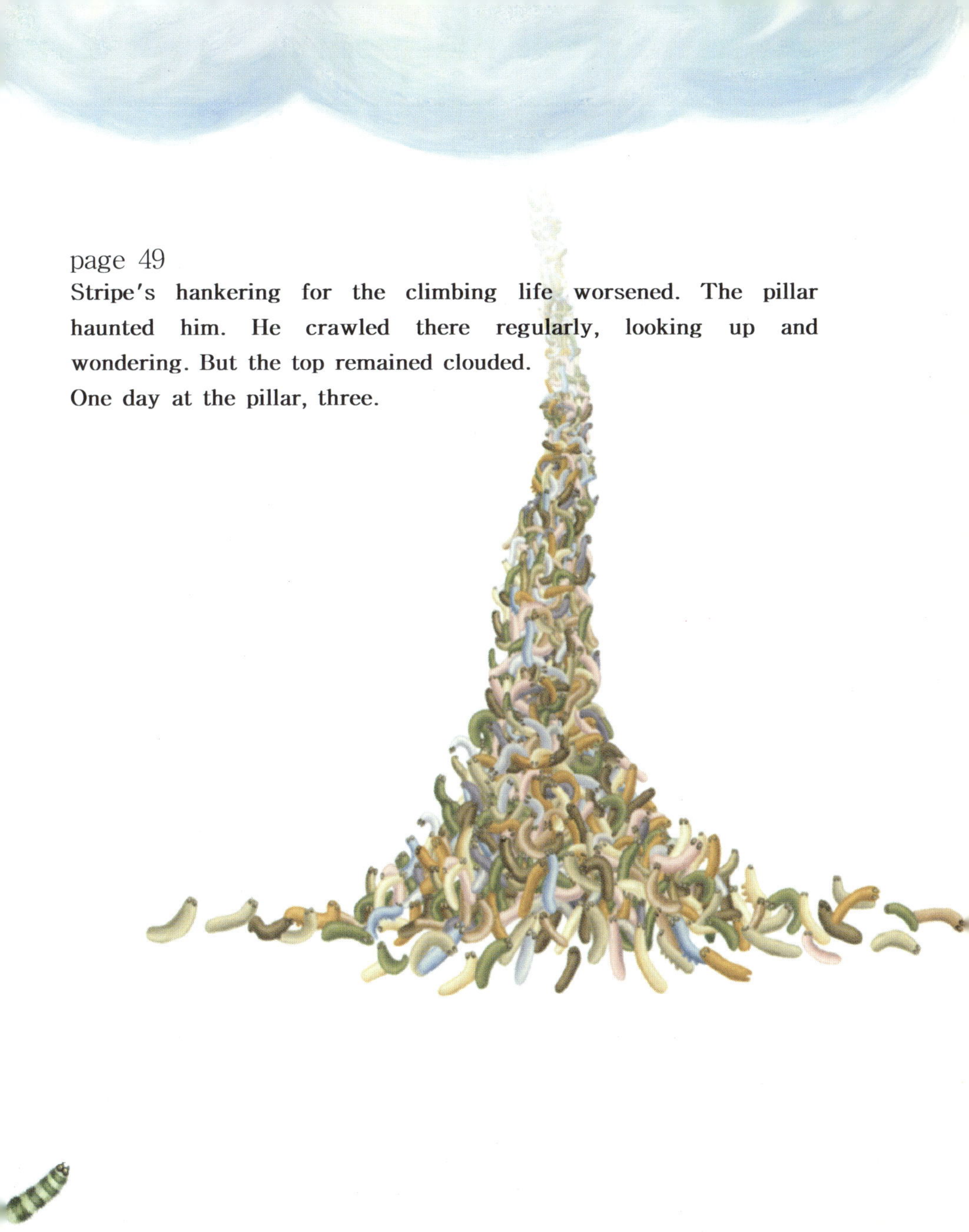

Stripe's hankering for the climbing life worsened. The pillar haunted him. He crawled there regularly, looking up and wondering. But the top remained clouded.

One day at the pillar, three.

178

page 50

thuds startled Stripe. Three big caterpillars had fallen from someplace and smashed.

Two seemed dead but one still wiggled. Stripe whispered, "What's happened? Can I help?"

He made out just a few words.

"The top······they'll see······butterflies alone············"

The caterpillar died.

page 53
Stripe crawled home and told Yellow.
They were both very sober and quiet. What did the mysterious message mean?
Had the caterpillars fallen from the very top?

page 54

Finally Stripe announced : "I've got to know. I must go and find out the secret of the top."

And more gently, "Will you come and help me?"

Yellow struggled inside. She loved Stripe and wanted to be with him. She wanted to help him succeed.

page 55

But—she just couldn't believe that the top was worth all it asks to get there.

She wanted to get "up" too; the crawling life wasn't enough for her either. She also had to admit that it looked like the pile was the only way to do it.

Stripe seemed so sure that Yellow felt ashamed not to agree. She also felt stupid and embarrassed since she could never put her reasons into words that his kind logic would accept.

Yet somehow, waiting and not being sure was better than action she couldn't believe in.

page 56
She couldn't explain she couldn't prove anything—but for all her love she couldn't go with Stripe.
She just knew climbing was a wrong way to get high.
"No," she said, heartsick. And Stripe left her for his climb.

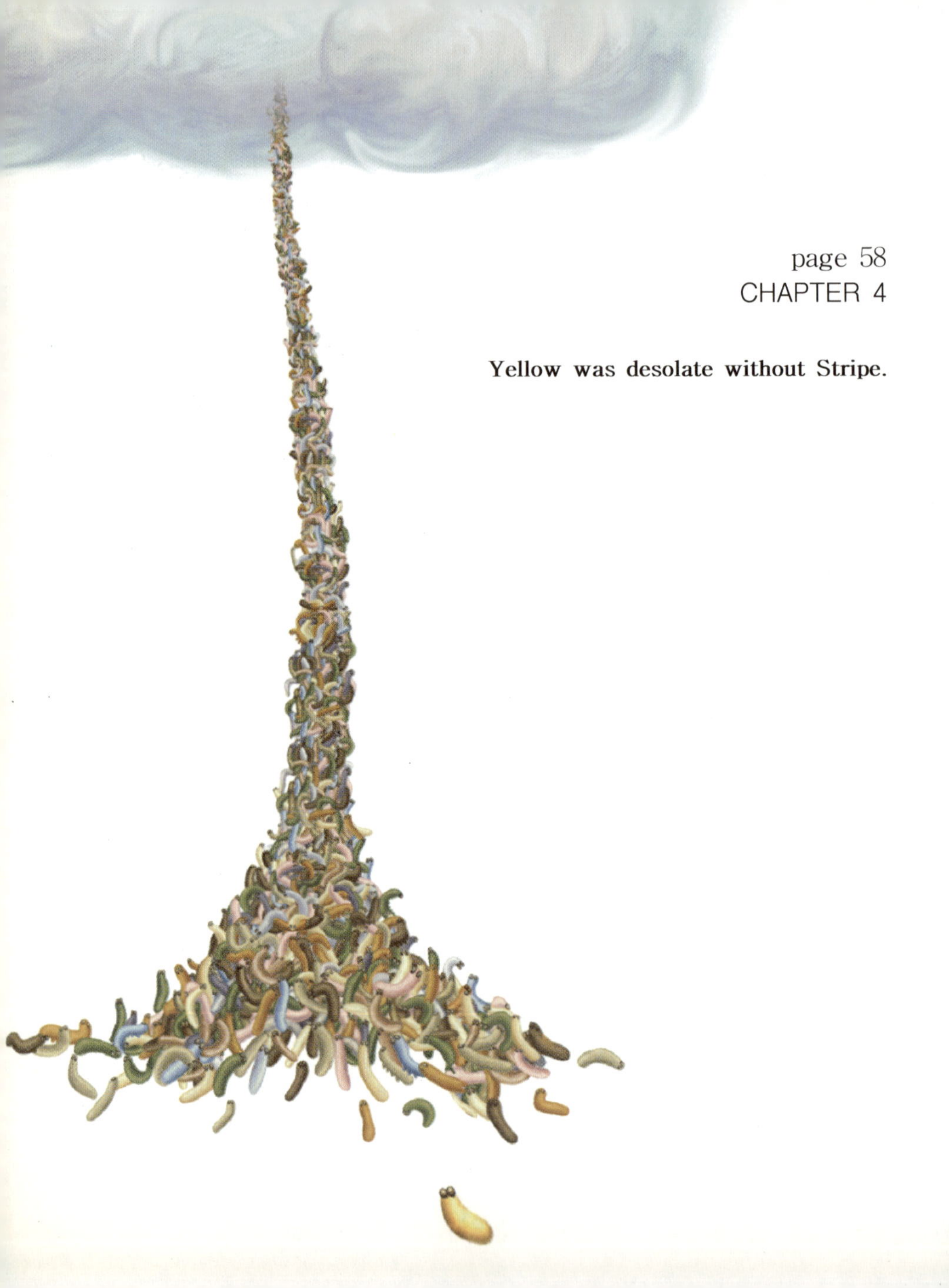

Yellow was desolate without Stripe.

page 59
She crawled daily to the pile looking for him and returned home at night sad, but half relieved that she never saw him. If she had, she feared she might plunge after him knowing that she shouldn't. She felt like doing something, anything, rather than this uncertain waiting.

"What in the world do I really want?" she sighed.

"It seems different every few minutes."

"But I know there must be more."

Finally, she became numb and wandered away from everything familiar.

page 60

One day a grey - haired caterpillar hanging upside down on a branch surprised her.

He seemed caught in some hairy stuff.

"You seem in trouble," she said.

"Can I help?"

"No, my dear, I have to do this   to become a butterfly."

page 62
Her whole inside leapt.

"Butterfly—that word," she thought.

"Tell me, sir, what is a butterfly?"

"It's what you are meant to become. It flies with beautiful wings and joins the earth to heaven. It drinks only nectar from the flowers and carries the seeds of love from one flower to another."

page 63
"Without butterflies the world
would soon have few flowers."

page 64

"It can't be true!" gasped Yellow.

"How can I believe there's a butterfly inside you and me when all I see is a fuzzy worm?"

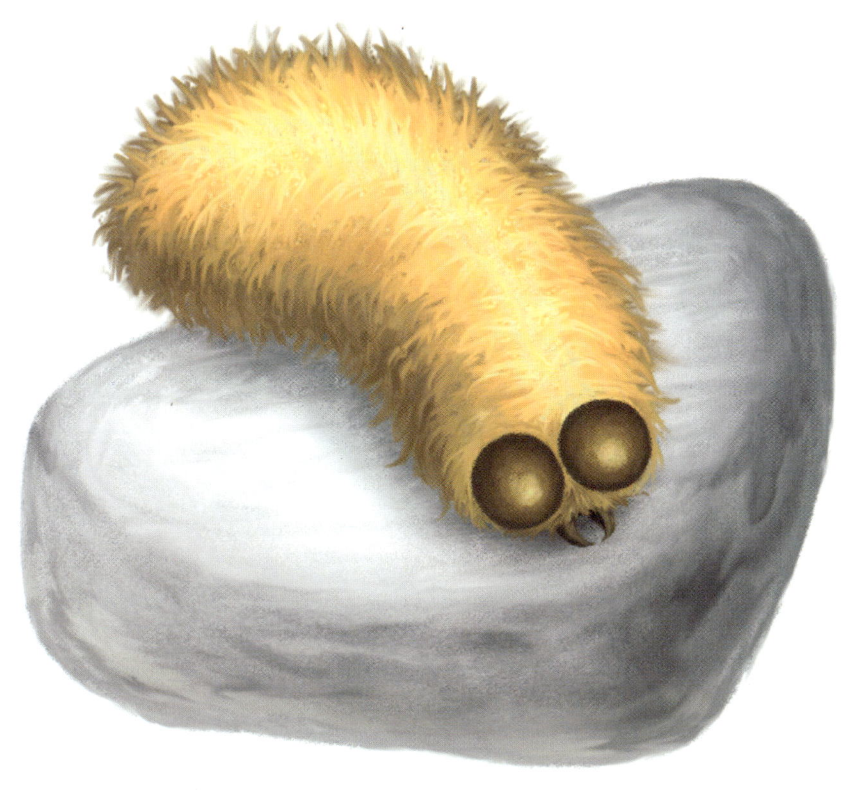

page 67

"How does one become a butterfly?" she asked pensively.

"You must want to fly so much that you are willing to give up being a caterpillar."

"You mean to die?" asked Yellow, remembering the three who fell out of the sky.

"Yes and no," he answered.

"What looks like you will die but what's really you will still live. Life is changed, not taken away. Isn't that different from those who die without ever becoming butterflies?"

page 68

"And if I decide to become a butterfly," said Yellow hesitantly. "What do I do?"

"Watch me. I'm making a cocoon." "It looks like I'm hiding, I know, but a cocoon is no escape." "It's an in—between house where the change takes place." "It's a big step since you can never return to caterpillar life." "During the change, it will seem to you or to anyone who might peek that nothing is happening— but the butterfly is already becoming."

"It just takes time!"

page 70

"And there's something else!" "Once you are a butterfly, you can really love—the kind of love that makes new life. It's better than all the hugging caterpillars can do."

"Oh, let me go and get Stripe," Yellow said. But she sadly knew he was too far into the pile to possibly reach.

"Don't be sad," said her new friend. "If you change, you can fly and show him how beautiful butterflies are. Maybe he will want to become one too!"

page 72

Yellow was torn in anguish:

"What if Stripe comes back and I'm not there? What if he doesn't recognize my new self? Suppose he decides to stay a caterpillar? At least we can do something as caterpillars—we can crawl and eat. We can love in some way. How can two cocoons get together at all? How awful to get stuck in a cocoon!"

How could she risk the only life she knew when it seemed so unlikely she could ever be a glorious winged creature? What did she have to go on? —seeing another caterpillar who believed enough to make his own cocoon. —and that peculiar hope which had kept her off the pillar and leapt within her when she heard about butterflies.

page 74
The grey—haired caterpillar continued to cover himself with silky threads. As he wove the last bit around his head he called :
"You'll be a beautiful butterfly—we're all waiting for you!"

page 76

And Yellow decided to risk for a butterfly. For courage she hung right beside the other cocoon and began to spin her own.

"Imagine, I didn't even know I could do this. That's some encouragement that I'm on the right track. If I have inside me the stuff to make cocoons—maybe the stuff of butterflies is there too."

page 78
CHAPTER 5

Stripe made much faster progress this time. He was bigger and stronger since he had taken time out. From the beginning he determined to get to the top.

He especially avoided meeting the eyes of other crawlers. He knew how fatal such contact could be.

He tried not to think of Yellow. He disciplined himself neither to feel nor to be distracted.

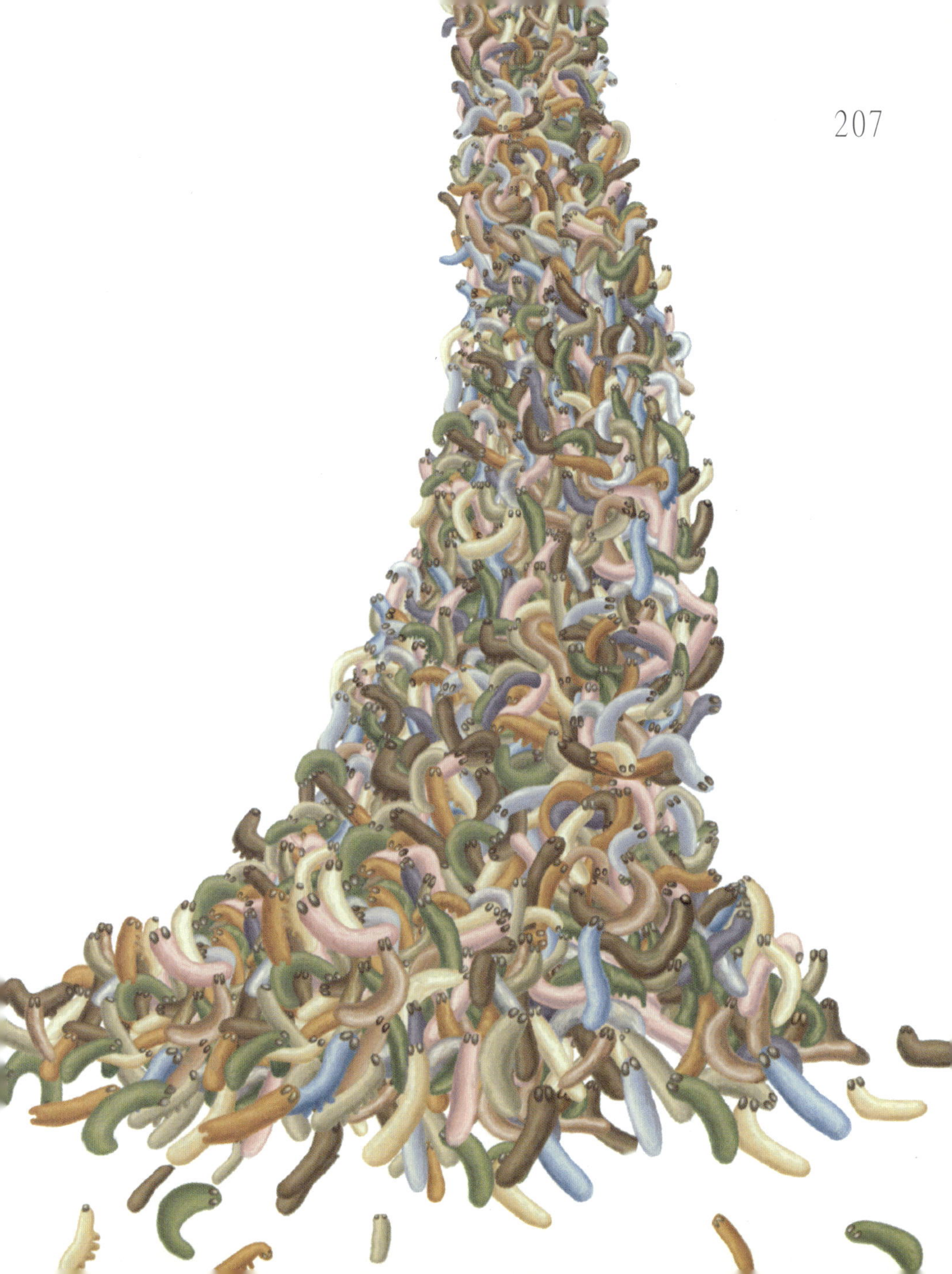

page 80

Stripe didn't seem just "disciplined" to others—he seemed ruthless. Even among climbers he was special. He didn't think he was against anybody. He was just doing what he had to do if he was to get to the top.

"Don't blame me if you don't succeed! It's a tough life. Just make up your mind," he would have said had any caterpillar complained. Then one day he was near his goal.

page 81

Stripe had done well but when light finally filtered down from the top, he was close to exhaustion.

At this height there was almost no movement.

All held their position with every skill a lifetime of climbing had taught them. Every small move counted terribly.

There was no communication. Only the outsides touched.

They were like cocoons to one another. Then one day Stripe heard a crawler above him saying,

"None of us can get any higher without getting rid of them."

page 82
Soon after, he felt tremendous pressure and shaking. Then came
screams and falling bodies.
Then silence; lots more light and less weight from above.

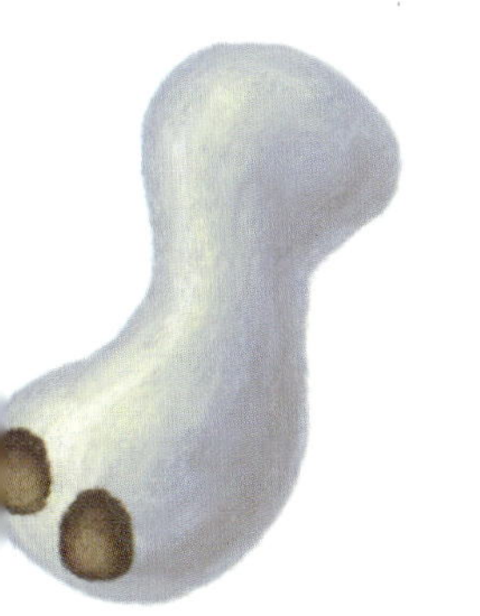

page 83

Stripe felt awful with this new knowledge. The mystery of the pillar was clearing.

He now knew what had happened to the three caterpillars.

He now knew what must always happen on the pillar.

Frustration surged through Stripe. But as he was agreeing this was the only way "up" he heard a tiny whisper from the top : "There's nothing here at all!"

It was answered by another:

"Quiet, fool! They'll hear you down the pillar. We're where they want to get. That's what's here!"

Stripe felt frozen. To be so high and not high at all! It only looked good from the bottom.

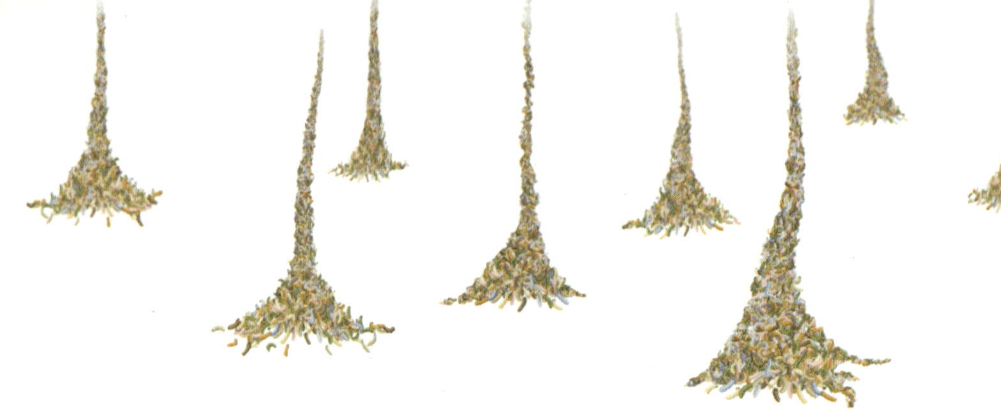

The whisper came again, "Look over there—another pillar—and there too—everywhere!"

Stripe became angry as well as frustrated.

"My pillar," he moaned, "only one of thousands."

"Millions of caterpillars climbing nowhere! Something is really wrong but……what else is there?"

page 85

His life with Yellow seemed so far away.

That wasn't it either—not quite.

"Yellow!" He let her image fill his being.

"You knew something, didn't you? Was it courage to wait?"

"Maybe she was right. I wish I was with her."

"I could go down," he thought. "I'd look ridiculous but maybe it's better than what's happening here."

page 86

But Stripe's thought was interrupted by bursts of movement all over his level. Each seemed to be making a last effort to find some entry to the top. But with every push the top layer tightened.

Finally one caterpillar gasped, "Unless we try together nobody will reach the top. Maybe if we give one big push! They can't hold us down forever!"

But before they could act there were cries and commotion of another kind. Stripe struggled to the edge to see the cause.

page 87
A brilliant yellow winged creature was circling the pillar, moving freely—a wonderful sight! How did it get so high without climbing?

page 88

When Stripe poked out his head the creature seemed to recognize him.

It extended its legs and tried to grab him. Stripe caught himself just before being pulled out of the pile.

The brilliant creature let go and looked sadly into his eyes.

That look activated excitement Stripe hadn't felt since he first saw the pillar. Words from the past returned.

"⋯⋯butterflies alone."

page 89
"Is this a butterfly?"
And what did it mean—"the top……they'll see……"?
It was all so strange and yet like it was supposed to be. And those eyes with the look of Yellow. Could it be……?

page 91

Such impossible thoughts! Yet the excitement inside wouldn't stop.

He grew happy. Somehow he could escape, he could be carried away.

But as this possibility became real, something else grew inside. He felt he shouldn't escape like this.

page 92

Looking into the creature's eyes he could hardly bear the love he saw there. He felt unworthy.

He wanted to change, to make up for all the times he had refused to look at the other.

He tried to tell her what he felt.

He stopped struggling. The others stared at him as though he were ma

page 94

CHAPTER 6

He turned around and began down the pillar. This time he didn't curl up. He stretched out full length and looked straight into the eyes of each caterpillar.

He marveled at the variety and beauty, amazed that he had never noticed it before.

He whispered to each, "I've been up; there's nothing there."

Most paid no attention; they were too intent on climbing.

One said, "It's sour grapes. He's bitter. I bet he never made it to the top."

page 95

But some were shocked and even stopped climbing to hear him better.

One of these whispered in anguish, "Don't say it even if it's true. What else can we do?"

page 96
Stripe's answer shocked them all—including himself!
"We can fly!"
"We can become butterflies!"
"There's nothing at the top and it doesn't matter!"
As he heard his own message he realized how he had misread the instinct to get high. To get to the "top" he must fly, not climb.
Stripe looked at each caterpillar inebriated with joy that there could be a butterfly inside.

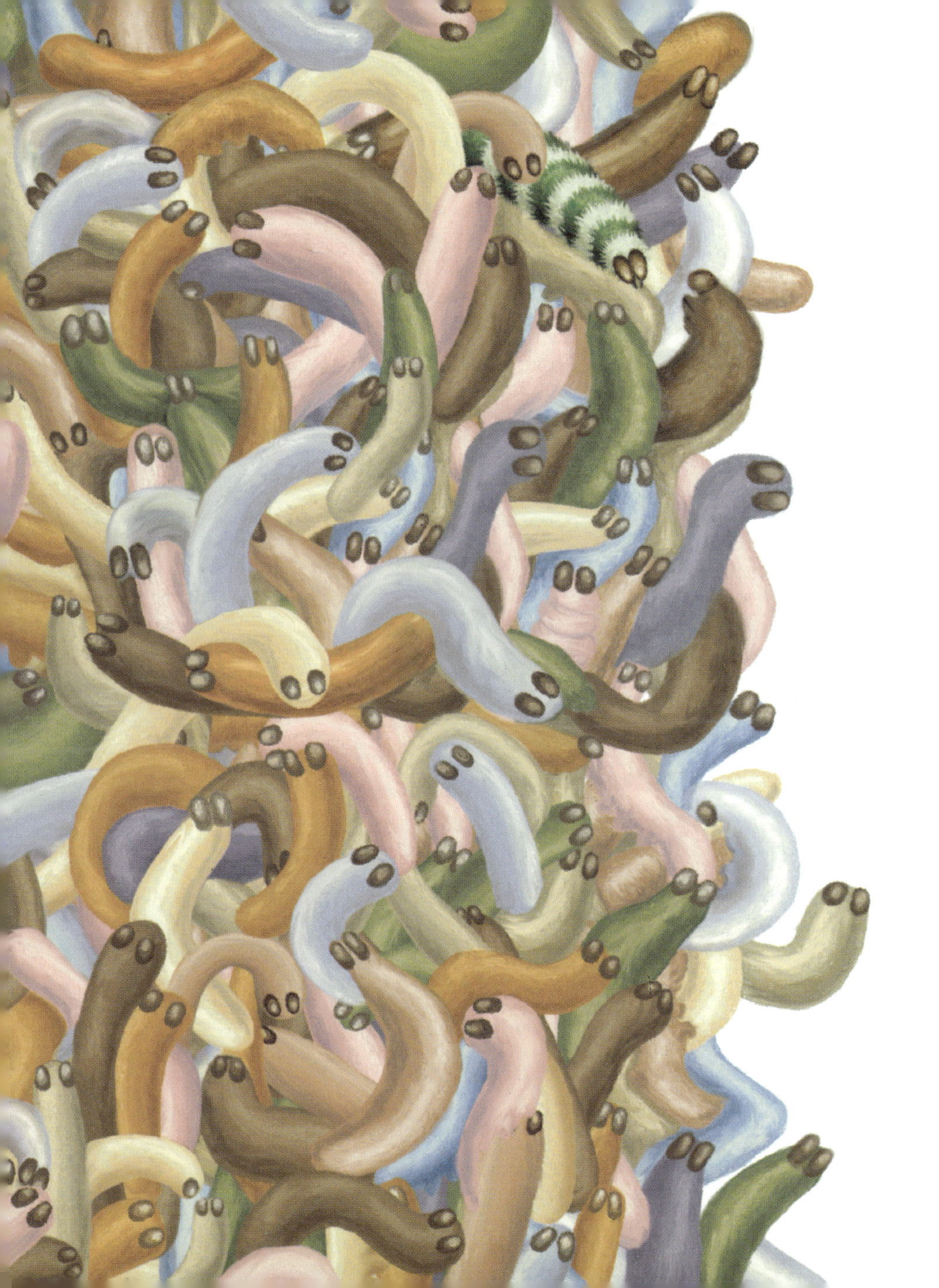

page 98

But the reaction was worse than before. He saw fear eyes. They didn't stop to listen or speak.

This happy, glorious news was too much to take—too good to be true.

And if it wasn't true? The hope that lit up the pillar dimmed. All seemed confused and unreal. The way down was so immensely long. The vision of the butterfly faded.

page 99

Doubt flooded Stripe. The pile took on horrible dimensions.

He struggled on—barely—blindly.

It seemed wrong to give up believing—yet believing seemed impossible.

page 100

A crawler sneered, "How could you swallow such a story? Our life is earth and climbing. Look at us worms! We couldn't be butterflies inside. Make the best of it and enjoy caterpillar living!"
"Perhaps he's right," sighed Stripe. "I haven't any proof. Did I only make it up because I needed it so much?"
And in pain he continued down searching for those eyes which would let him whisper, "I saw a butterfly—there can be more to life."

page 101
One day—finally—he was down.

page 103
CHAPTER 7

Tired and sad, Stripe crawled off to the old place where Yellow
and he had romped.
She was not there, and he was too exhausted to go further.
He curled up and fell asleep.

page 104

When he finally awoke he found the yellow
creature fanning him with wings of light.
"Is this a dream?" he wondered.

page 106

But the dream creature acted awfully real. She stroked him with her feelers and most of all looked at him so lovingly that he began to trust that what he had said about becoming a butterfly might be true. She walked a little distance away, then flew back. She repeated it as if he should follow. So he did.

page 108
They came to a branch from which hung two
torn sacks. The creature kept on inserting her
head, then her tail, into one of them.
Then she would fly to him and touch him.

page 111
Her feelers quivered and Stripe knew she was speaking.
He couldn't make out words. Then slowly he seemed to
understand……

page 113
······Somehow he knew what to do. Stripe climbed—again.

page 114

It got darker and darker and he was afraid.

He felt he had to let go of everything······and Yellow waited······

page 117

······until one day······

page 121
THE END······

page 123
··· ··· or the beginning

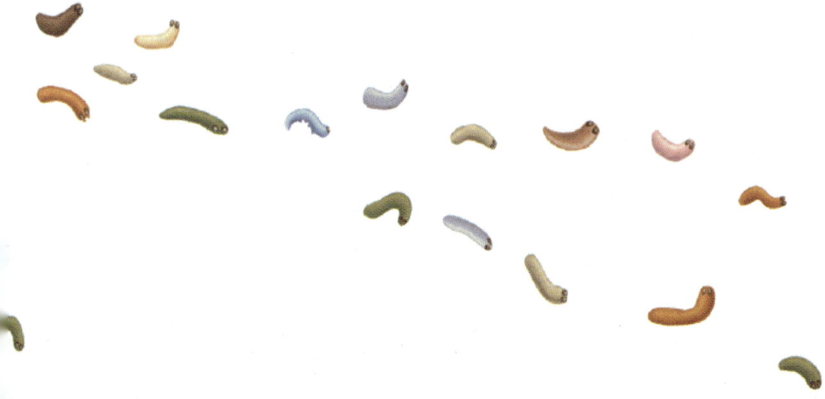